Colin (A.) 1876. Février. 8

VENTE A. COLIN

DESSINS

ET

ESTAMPES

AF234275

Février 1876

<table>
<tr><td>COMMISSAIRE-PRISEUR</td><td>EXPERT</td></tr>
<tr><td>Me BOUSSATON</td><td>M. CLÉMENT</td></tr>
<tr><td>30, rue de la Victoire</td><td>M^d d'Estampes de la Bibliothèque Nationale
3, rue des Saints-Pères</td></tr>
</table>

CATALOGUE

DES DESSINS

ET AQUARELLES

ESTAMPES DE TOUTES LES ÉCOLES

COMPOSANT LA COLLECTION

DE FEU

M. A. COLIN

DONT LA VENTE AUX ENCHÈRES PUBLIQUES AURA LIEU

HOTEL DROUOT, SALLE Nᶜ 4

Les Mardi 8 et Mercredi 9 Février 1876

A UNE HEURE

PAR LE MINISTÈRE DE **Mᵉ BOUSSATON**, COMMISSAIRE-PRISEUR

39, rue de la Victoire

ASSISTÉ DE **M. CLÉMENT**, EXPERT

Marchand d'Estampes de la Bibliothèque Nationale

3, RUE DES SAINTS-PÈRES

1876

CONDITIONS DE LA VENTE

Elle sera faite au comptant.

Les acquéreurs payeront *cinq pour cent* en sus des enchères, applicables aux frais.

ORDRE DES VACATIONS

Le Mardi 8 Février 1876. N⁰ˢ **81 à la fin.**

—   —   **Estampes en lots.**

Le Mercredi 9 Février 1876. N⁰ˢ **1 à 80.**

—   —   **Dessins et Estampes en lots.**

DÉSIGNATION

DESSINS

ALLENS (J.-W.) ᴇᴛ ARROWSMITH

1. — Paysages; neuf dessins à l'aquarelle et sépia.
Pourra être divisé.

ANONYME

2. — Cavaliers; peinture persane.

ATOCH ᴇᴛ ROULIN

3. — Paysages et autres; quatre dessins à la sépia et aquarelle.

BELLANGÉ (H.)

4. — Croquis militaires, avec dédicace de M. E. Bellangé; crayon et aquarelle.— Cavalier perdant l'équilibre; à la sépia. Signé. Deux dessins.

BONINGTON (R.-P.)

5. — Monument gothique, avec personnages en costumes de la Renaissance; plume et sépia. Encadré.

BONINGTON (R.-P.)

6. — Petite marine, entrée d'un port ; aquarelle. Encadré.

7. — Vue d'un Pont, à Lille ; sépia.

8. — Vue du port de Boulogne ; aquarelle.

9. — Petite Marine, avec mer agitée ; aquarelle.

10. — Vue prise au bord de la mer ; sur le devant, des paysannes dans un bateau ; aquarelle.

11. — Marine par un temps calme ; — Marine par un temps orageux. Deux dessins à la sépia.

12. — Entrée d'un port de mer, avec une grosse tour sur le devant ; aquarelle.

13. — Étude de paysage et rochers au bord d'une rivière ; aquarelle.

14. — Deux vues différentes du Palais de Justice, à Paris ; deux très-jolis dessins à l'aquarelle.

15. — Vue prise en pleine mer ; aquarelle.

16. — Croquis à la plume, dessinés au verso de lettres. Un porte la signature de Bonington. Sept dessins.

17. — Autres croquis également sur lettres. Huit dessins à la plume, dont un signé.

18. — Vue d'un port de mer ; aquarelle.

19. — Un Seigneur et une Dame en costume du moyen âge ; Procession sortant d'une église ; Études de paysages, etc. Six dessins au crayon noir et à la sépia.

BONINGTON (R.-P.)

20. — Vue d'un port de mer : sur le devant, deux paysans ;
autre petite Marine. Deux dessins à la sépia.

21. — Croquis et études diverses; treize dessins à la mine de
plomb et au crayon noir.

BOUCHOT

22. — Jeune Fille en méditation ; au crayon noir.

BOULANGER (L.)

23. — Sujet tiré d'*Hamlet;* aquarelle.

24. — Jeune Seigneur remettant un collier à une reine ; à la
plume.

CANON (L.)

25. — Croquis et études diverses. 08 dessins.

CHARLET (N.-T.)

26. — Études d'enfants; au crayon noir, lavé d'encre de Chine.

COGNIET (L.)

27. — Études pour ses compositions; 65 dessins.

Plusieurs seront vendus séparément. — Dans ce lot, il y a en
plus le portrait de L. Cogniet, par A. Colin.

COLIN (A.)

28. — *La Joconde*, d'après L. de Vinci ; très-beau dessin à l'aquarelle. Encadré.

29. — *Thémis*, d'après Prud'hon ; beau dessin au crayon noir, rehaussé de blanc.

30. — Études et compositions, d'après Géricault ; 261 dessins, la plupart sur papier-calque. 134 sont renfermés dans un album.

31. — Portraits de Corot, Collignon, Déveria, Gérard, Rouargue, Bonington, J. Dally, L. Cogniet, etc., 28 dessins.

32. — Collection de portraits représentant les principaux élèves de l'atelier de Girodet ; en tête le maître est représenté en colère ; 218 dessins.

33. — Sous ce numéro il sera vendu un grand nombre de croquis et études, d'après les principaux maîtres de toutes les écoles, dessinés par M. A. Colin.

COLLIGNON (J.-F.)

34. — Jeunes enfants jouant avec un chien à la porte d'une chaumière. Une rue de ville avec chariots attelés et personnages ; deux aquarelles signées.

35. — Bateliers traînant leur bateau. Entrée d'un port avec cheval attelé sur le devant ; deux aquarelles, dont une signée et datée 1834.

36. — Croquis divers. Environ cinquante dessins seront vendus sous ce numéro.

DECAMPS

37. — Cavaliers traversant une forêt; aquarelle.

38. — Études d'Arabes. A la mine de plomb.

DELACROIX (Eugène)

39. — Différents croquis sur une même feuille; deux dessins à
la plume.

40. — Études de têtes, de mains, de draperies et figures
d'hommes; deux dessins au crayon noir.

41. — Études de têtes pour le portrait d'Henry Monnier, au
crayon noir.

42. — Paysage avec chariot sur le devant; aquarelle.

43. — Armure du xv⁰ siècle; aquarelle.

DEROY

44. — Paysages, vues de monuments et ruines antiques; neuf
dessins à la sépia et à l'encre de Chine.

DEVÉRIA (A.)

45. — Études d'après Prud'hon et autres; six dessins au
crayon noir.

ÉCOLE FRANÇAISE, XVIIIᵉ SIÈCLE

46. — Jeune femme dans un lit; portrait d'homme; deux
dessins aux crayons noir et blanc.

ENFANTIN

47. — Chemin traversant une montagne ; à la plume et sépia ;
signé et daté 1827.

FLEURY (ROBERT)

48. — Moine vu de dos marchant dans la campagne. — Étude
d'un brigand italien ; deux dessins à la sépia et au
crayon noir.

FRANCIA (F.)

49. — Paysage ; un Naufrage ; deux aquarelles.

50. — Petites marines. Études de paysages, de chevaux et de
chaumières ; seize dessins au crayon noir et à la
mine de plomb.

GÉRICAULT

51. — Études et académies d'hommes, études de chevaux et
croquis divers pour ses compositions ; cinquante-
neuf dessins qui seront vendus sous ce numéro.

GILBERT

52. — Un Naufrage ; grand dessin au crayon noir, rehaussé
de blanc ; il porte une dédicace de l'auteur à M. Colin ;
encadré.

53. — Rochers au bord de la mer ; deux dessins à l'aquarelle.

GIRODET-TRIOSON

54. — Études d'enfants et d'amours pour ses compositions ; quatre dessins au crayon noir.

55. — Psyché et l'Amour, à la mine de plomb.

GOYA (DON F.)

56. — Série de quinze dessins au crayon noir, ayant beaucoup de ressemblance avec les Caprices gravés par le maître.

Ce lot pourra être vendu séparément.

57. — Combat de taureaux ; croquis pour un sujet religieux ; deux dessins à la plume et à l'encre de Chine.

58. — Études diverses ; cinq dessins à l'encre de Chine.

GRANDVILLE

59. — Croquis ; trois dessins à la plume et à l'encre de Chine.

GUDIN

60. — Petite Marine ; sépia ; Croquis militaires ; plume et encre de Chine ; deux dessins signés.

HUET (J.-B.)

61. — Paysage à l'aquarelle ; Marine, par Ozanne ; au crayon noir et blanc. Deux dessins.

INGRES

62. — Françoise de Rimini; petit croquis au crayon, sur
papier-calque.

LALAISSE

63. — Portraits, Études de chevaux et Compositions militaires;
146 dessins.

Seront vendus sous ce numéro.

LELOIR (M. ET Mme A.)

64. — Paysages, Sujets religieux et autres. Sept dessins.

LELOIR (Mme HÉLOÏSE)

65. — Les Confidences; très-jolie composition de forme ovale,
aquarelle. Encadrée.

66. — La Jeune Mère; composition de forme ovale, à
l'aquarelle.

LEPRINCE

67. — Paysages, avec Figures et Animaux; quatre dessins à la
sépia. Signés.

MARIN-LAVIGNE

68. — Moine en méditation, Religieuse en prière; deux dessins
à la sépia et à l'aquarelle.

MONNIER (H.)

69. — Vieillard assis, faisant lire une jeune fille ; à la mine
de plomb ; — La Rencontre à la promenade ; aquarelle. Deux dessins.

MOREAU (L.)

70. — Chaumières au bord de l'eau ; gouache.

NATOIRE

71. — Jeune Femme sortant du bain ; au crayon noir, rehaussé
de blanc.

NOEL (1823)

72. — Paysages, Marines, Entrée d'un monastère ; sept dessins
au crayon, à l'aquarelle et sépia.

NOEL (G.)

73. — Paysages ; sept dessins à la sépia, aquarelle et mine de
plomb.

OUDRY (J.-B.)

74. — Nature morte ; deux dessins au crayon noir, rehaussés
de blanc.

PENGUILLY-L'HARIDON

75. — Études de Portraits, Caricatures ; quatre dessins à la
plume et au crayon.

RICOIS et AUTRES

76. — Paysages; quatre dessins à la sépia et à l'aquarelle.

RIVET

77. — Paysages; quatorze dessins à la mine de plomb, à la
sépia et à l'aquarelle.

ROUARGUE

78. — Paysage d'une vaste étendue; aquarelle.

TOUDOUZE (G.)

79. — Maison dite de François Ier, à Moret; — Vue du Temple
de la Concorde; — Intérieur d'un Palais, par A. Pac-
card; trois dessins à la mine de plomb, à l'aquarelle
et à la sépia.

VERNET (H.)

80. — Étude de Femme accroupie; — Étude de Draperies; —
Jeune Chevalier quittant sa maîtresse; trois dessins
au crayon noir et à la mine de plomb.

ESTAMPES

BAUDOIN (*d'après*)

81. — Le Bain, gravé en couleur par N.-F. Regnault. Belle épreuve avec marge.

82. — Perrette, gravé par Guttenberg. Très-belle épreuve avant la lettre, sur chine.

BEAUVARLET

83. — Les Couseuses. Très-rare épreuve à l'état d'eau-forte.

BOILLY (*d'après*)

84. — Le Porte-Drapeau de la Fête civique, par Copia; — La Liberté et la République, par Mme Lingée, d'après Boizot. Trois pièces.

BEHAM (H.-S.)

85. — Génie tenant un écusson d'armes, 1535 (B. 258); très-belle épreuve; — Le Triomphe de Bacchus, par Le Maître (I.-B.). Deux pièces.

BOILLY (J.)

86. — Six Eaux-Fortes d'après des dessins de C. Van Loo, Lépicié, Greuze, L. Boilly, Boucher et Fragonard.

BONINGTON (R.-P.)

87. — Caen. Deux Enfants jouent avec un chien sur les degrés
d'une porte gothique; — Église Saint-Sauveur; —
Maison, Grande-Rue Saint-Pierre. Trois pièces. Très-
belles épreuves sur chine.

88. — Jeune Enfant, une hotte sur le dos, à la porte d'une
Maison gothique; en haut, cette inscription : MÉDECIN
DE L'HÔPITAL. Épreuve sur chine.

89. — Abbeville. Vue prise de la route de Calais; — Le Matin.
Deux pièces. Très-belles épreuves sur chine.

90. — Rouen. Entrée de la Salle des Pas-Perdus, Palais de
Justice; — Cathédrale Notre-Dame, telle qu'elle était
avant l'incendie de 1822; — Château d'Harcourt, à
Lillebonne. Trois pièces. Très-belles épreuves sur
chine.

91. — Beauvais, Bergues; Maison située rue Sainte-Véro-
nique; la Tour du Marché; deux pièces; très-belles
épreuves sur chine.

92. — Tour aux archives de Bernon, très-belle épreuve avant
la lettre.

93. — Évreux; Tour de la grosse horloge bâtie sous la domi-
nation des Anglais en 1417; très-belle épreuve
avant la lettre.

94. — Gisors; Vue générale de l'église de Saint-Gervais et
Saint-Protais; très-belle épreuve avant la lettre.

BONINGTQN (R.-P.)

95. — Cul-de-lampe pour le voyage en Normandie, p. 171 ;
épreuve avant le texte.

96. — Le Silence favorable; la Prière; la Conversation ; le
Repos; les Plaisirs paternels; le Retour; six pièces.

97. — Pièces tirées du Voyage en Écosse et autres pièces par
et d'après Bonington ; dix-sept pièces.

BOIS (*Pièces gravées sur*)

98. — Le Christ au Roseau; la Mise au Tombeau; Saint-
Georges, etc.; cinq pièces par Scolari, Jegher et
autres.

BOLSWERT (S.-A.)

99. — Le Christ au Jacobin, d'après Van-Dyck; la Madeleine
repentante, par Vorsterman, d'après Rubens; deux
pièces.

BOSSE (Abraham)

100. — Les Éléments; suite de quatre estampes; belles
épreuves.

BOYVIN (René)

101. — L'Ignorance vaincue (R. D., 16); Les Effets de la
piété filiale (R. D. 17); deux pièces de la Con-
quête de la Toison d'or; épreuves avec vers latins
en bas ; quatre pièces.

CALLOT (Jacques)

102. — Les Grandes Misères de la guerre; dix-neuf pièces;
suite incomplète.

CHARDIN (*D'après*)

103. — La Blanchisseuse; la Pourvoyeuse; la petite Maîtresse d'école, etc.; cinq pièces, par Cochin, Lépicié
et autres.

104. — La Gouvernante; la Mère laborieuse; la Rôtisseuse;
trois pièces gravées par Lépicié; belles épreuves.

CHARLET (N.-T.)

105. — Un Portefeuille renfermant environ trois cents lithographies, dont quelques-unes rares.

Seront vendues en plusieurs lots.

CHEVILLET

106. — Le Bon Exemple; Mademoiselle sa sœur; deux pièces
d'après Heillmann; épreuves avant la lettre.

COURTOIS (G.)

107. — La Peste ou l'ensevelissement des morts (R. D. 1).

DECAMPS

108. — Eh! camarade, on n'entre pas en veste ici; — Le
Pieux Monarque; — l'An de grâce 1840, etc.; —
La France pleure les victimes; quatre pièces.

109. — Sujets de chasses; Croquis par divers artistes; Sujets
tirés d'albums; quarante-huit pièces.

DELACROIX (E.)

110. — Macbeth avec les sorcières; très-belle épreuve.

111. — Lion de l'Atlas; un Naufrage, lithographie par
Français; deux pièces.

112. — Tigre royal; belle épreuve avec grande marge.

113. — Médailles; cinq pièces, avec plusieurs sujets sur chaque
feuille; très-belles épreuves.

114. — Tigre dévorant un cheval; superbe épreuve sur chine;
rare.

DESNOYERS

115. — Napoléon en grand costume, d'après Gérard; très-
belle épreuve avec l'aigle.

DIEN (F.-M.)

116. — Portrait de M. et Mme Gatteaux, d'après Ingres; très-
belles épreuves.

DIVERS

117. — Le Conteur de fleurette, d'après Watteau; la Bascule, d'après Fragonard, etc.; sept pièces.

118. — La petite Écolière, par Willes-l'Espagnol; — La Faiseuse de bulles de savon, etc; quatre pièces, d'après Schenau, Drouais, Grimou et Deshayes.

DREVET (P.)

119. — Bar (la révérende mère Catherine de), d'après Courtin; très-belle épreuve.

DURER (A.)

120. — La Sainte Famille, sujets de l'Apocalypse et autres; six pièces gravées sur bois.

DURER et LUCAS DE LEYDE

121. — La Vierge couronnée par deux anges; original et copie; — Le Seigneur et la Dame, original; — La Mélancolie; — Le Cheval de la Mort; — L'Enlèvement d'Amymone; — Sainte Famille, etc.; — La Vierge avec l'Enfant Jésus, assise dans un paysage, par L. de Leyde (B. 84). Dix pièces.

ÉCOLE ANGLAISE

122. — Contemplation, d'après Reynolds; — Le prince W.-F. Gloucester, et autres. Dix pièces, dont quelques-unes en couleur.

ÉCOLE ANGLAISE

123. — Portrait et sujets divers, d'après Cosway, Bamberg, Hamilton, A. Kauffmann et autres. Neuf pièces.

FORSTER (F.)

124. — La Maîtresse du Titien, d'après Titien. Belle épreuve.

FRAGONARD (*d'après*)

125. — Sujets tirés des Contes de La Fontaine. Cinq pièces, dont deux avant les numéros et une à l'eau-forte.

FREUDEBERG (*d'après*)

126. — Le Bain; — La Soirée d'hiver. Deux pièces gravées par Ingouf et Romanet. Très-belles épreuves, dont une avant le numéro.

GÉRICAULT

127. — Quatre Portraits différents de Géricault, dont un dessin et une lithographie par A. Colin.

128. — Le Factionnaire suisse au Louvre. Très-belle épreuve.

129. — Les Boxeurs. Très-belle épreuve.

130. — Marche dans le désert; — Passage du mont Saint-Bernard. Deux pièces.

131. — Horses going to a fair. Pièce rare. Très-belle épreuve.

GÉRICAULT

131 *bis*. — An Arabian Horse. Pièce rare. Très-belle épreuve.

132. — The English Farrier. Pièce rare. Très-belle épreuve.

133. — Le Giaour ; — Mazeppa ; — Lara blessé ; — Tigre dévorant un Cheval. Six pièces, dont deux doubles.

134. — Études de chevaux et autres. 23 pièces.

135. — Études de chevaux par et d'après ; — Le Caisson renversé. Treize pièces.

GHEYN (J. DE)

136. — Les Hallebardiers, d'après Goltzius. Suite de douze estampes. Superbes épreuves.

GOLTZIUS (H.)

137. — Un Capitaine d'infanterie marchant avec une hallebarde à la main (B. 126.) Très-belle épreuve avec marge.

GRAVELOT, DE LA RUE ET PARROCEL (*d'après*)

138. — Costumes militaires. 32 pièces.

GREUZE (*d'après*)

139. — Retour sur soi-même, gravé par Binet.

HOPFER (D.)

140. — Frontispice d'architecture (B. 21) ; — Fête de village,
partie de droite (B. 74). Deux pièces. Très-belles
épreuves avant les numéros.

HURET

141. — Le Midi ; — L'Été, etc. Quatre pièces.

INGRES

142. — L'Odalisque.

ISABEY (E.)

143. — Différents Ports de mer ; vues prises en Bretagne et en
Normandie. Huit pièces. Plusieurs sont sur chine.

JAZET

144. — Bivouac des Cosaques aux Champs-Élysées ; — Course
de traîneaux à Krasnoï-Kalak. Deux pièces gravées
en couleur d'après Sauerweid. Très-belles épreuves.

145. — Militaires russes au bivouac ; pièce gravée en couleur
d'après Sauerweid. Très-belle épreuve avec marge.

JEAURAT (d'après)

146. — Le Mari jaloux, par Baléchou ; — Le Rocher de Meil-
lerie, par Legrand, d'après Schall. Deux pièces.

LANCRET ET BOUCHER (*d'après*)

147. — Le Gascon puni; — Les Deux Amis; — La Courtisane
amoureuse. Trois pièces gravées par de Larmessin.
Belles épreuves.

LANCRET (*d'après*)

148. — Les Troqueurs; — Le Petit Chien qui secoue de l'ar-
gent et des pierreries. Deux pièces par N. de Larmessin. Très-belles épreuves.

149. — L'Enfance, l'Adolescence et la Vieillesse. Trois pièces
gravées par N. de Larmessin. Belles épreuves.

LANGLOIS (*à Paris, chez*)

150. — Cérémonies observées à Paris, pour l'érection de la
statue équestre de Louis le Grand, élevée en l'hon-
neur de ce monarque; *Grand Almanach* pour l'an-
née 1700. En bas se trouve une Vue de l'Exposition
de 1699. Très-belle épreuve.

LAVREINCE (*d'après*)

151. — Le Séducteur, par de Launay. (Cat. de M. Bocher,
p. 52, n° 7). Épreuve à l'état d'eau-forte.

152. — Le Petit Conseil, gravé en couleur par Janinet. Très-
belle épreuve.

153. — L'Heureux Moment, gravé par M. de Launay. Belle
épreuve.

LEMUD

154. — Maître Wolfframb. Très-belle épreuve.

MANTEGNA (André)

155.   Le Sénat de Rome accompagnant u triomphe (B. 11).
— Les Soldats portant des trophées (B. 14).
Deux pièces.

MASSARD (R.-M.)

156. — Atala, d'après Girodet. Très-belle épreuve avec les
lettres grises.

MATHAM (J.)

157. — L'Amour domptant le dieu Pan, d'après le Josepin
(B. 91). — La Mort de Cléopâtre, par Wille,
d'après Netscher. Deux pièces.

MOREAU le jeune (d'après)

158. — La Petite Loge, gravé par Patas. Très-belle épreuve
avant la lettre.

159. — Le Souper fin, par Helman. Très-rare épreuve avant
toutes lettres; elle n'est pas entièrement terminée.

160. — La Partie de whist, par Dambrun. Très-rare épreuve
avant toutes lettres, retouchée au crayon.

161. — Le Lever. Très-rare épreuve à l'état d'eau-forte
avancée.

MORGHEN (R.)

162. — La Vierge avec l'Enfant Jésus et saint Jean qui tient un oiseau. d'après Raphaël. Très-belle épreuve.

NORBLIN

163. — Son œuvre en 45 pièces. Très-belles épreuves.

PITTERI (M.)

164. — Les Sacrements, d'après P. Longhi, suite de sept estampes. Très-belles épreuves.

POILLY (N.-B. DE)

165. — Jacques Vincent, imprimeur libraire, syndic en 1744. Très-belle épreuve.

PORPORATI

166. — Le Bain de Léda, d'après le Corrége. Très-belle épreuve avec marge.

PRUD'HON (*d'après*)

167. — Lithographies, vignettes et gravures. 30 pièces seront vendues sous ce numéro.

RAIMONDI

168. — Notre-Dame à l'Escalier; — Saint Paul prêchant à
Athènes; — David et Goliath; — Dieu ordonnant à
Noé de bâtir l'arche, etc. Cinq pièces.

REMBRANDT

169. — Portrait de Faustus (B. 270), cl. 267. C. B. 170.
Très-belle épreuve.

170. — La Mort de la Vierge; — Résurrection de Lazare; —
L'*Ecce Homo*. Trois pièces.

REYNOLDS (*d'après*)

171. — Sir Jeffery Amherst, par J. Watson. Très-belle épreuve
avec marge.

172. — Richard Robinson, gravé par Smith. Très-belle
épreuve.

173. — Portraits de Femme et d'Enfant, sous les attributs de
Diane et de l'Amour, par Watson. Très-belle épreuve
sans nom de personnage.

174. — Vénus et l'Amour. Très-belle épreuve avant toutes
lettres.

REYNOLDS (*d'après sir* **J.**)

175. — Caroline, duchesse de Marlborough, gravé par Houston. Très-belle épreuve avant la lettre.

176. — Ugolin dans sa prison, gravé par Dixon.

177. — L'œuvre de sir Joshua Reynolds, gravé par S.-W. Reynolds et publié en 1820, 306 pièces renfermées dans deux portefeuilles.

RICHOMME (J. Tн.)

178. — Neptune et Amphitrite, d'après J. Romain. Très-belle épreuve avant la lettre.

ROULLET, EDELINCK ᴇᴛ HENRIQUEZ

179. — Henry, marquis de Beringhen; — Le Tellier, archevesque de Reims; — Diderot, d'après Vanloo. Trois pièces.

SAVART ᴇᴛ FIQUET

180. — Descartes, Boileau et Racine. Trois portraits. Belles épreuves.

SILVESTRE (J.)

181. — Vues de Paris, de France et d'Italie. 10 pièces.

SIXDENIERS

182. — Édouard en Écosse, d'après P. Delaroche. Très-belle épreuve avant la lettre.

STOOP (D.)

183. — Différents Chevaux (B. 1-12) ; suite de douze estampes avec marge.

SUYDERHOEF (J.)

184. — La Paix de Munster, d'après Terburg. Bonne épreuve.

TARDIEU (J.)

185. — Galitzin (Dimitri, prince de), d'après Drouais. Très-belle épreuve.

TITIEN (*d'après*)

186. — Le Sacrifice d'Abraham, très-grande pièce gravée sur bois.

VERMEULEN (C.)

187. — Este (Isabelle d'), sœur de Lucrèce Borgia, d'après Holbein. Très-belle épreuve avant la lettre.

VIGNETTES

188. — Un Portefeuille renfermant environ 300 vignettes d'après Eisen, Moreau, Gravelot et autres artistes du XVIIIᵉ siècle.

Seront vendues en lots.

VLEUGHELS (*d'après*)

189. — Frère Luce; — La Jument du compère Pierre. Deux
pièces par de Larmessin. Très-belles épreuves.

WATTEAU (*d'après*)

190. — L'Aventurière; — la Gamme d'amour; — les Champs
Élysées; — le Rendez-vous champêtre, etc. Dix
pièces.

191. — Le Marchand d'orviétans; montant d'ornement. Deux
pièces par Crepy et Surugue. La fontaine, d'après
Chardin. Trois pièces.

192. — L'Embarquement pour Cythère, gravé par Tardieu;
très-belle épreuve; — Le Chiffre d'amour, d'après
Fragonard; — L'Enlèvement d'Europe, d'après
Boucher. Trois pièces.

193. — Sous ce numéro, il sera vendu environ deux cents
portefeuilles contenant cinq à six mille estampes.

PARIS. — J. CLAYE, IMPRIMEUR, 7, RUE SAINT-BENOIT. — [79]

www.ingramcontent.com/pod-product-compliance
Lightning Source LLC
LaVergne TN
LVHW021802060726
842528LV00003B/1094